DIRGELWCH Y DIEITHRYN

Cyhoeddwyd yn wreiddiol: Gwasg Gomer, 1993
Hawlfraint y testun © Elgan Philip Davies

Cynllun y clawr: Nia Tudor
Hawlfraint yr argraffiad hwn: Y Lolfa, Tal-y-bont,
Ceredigion SY24 5ER, y lolfa.com

Mae Elgan Philip Davies drwy hyn yn cael ei gydnabod fel awdur
y gwaith hwn, yn unol ag adran 77 o Ddeddf Hawlfreintiau,
Dyluniadau a Phatentau 1988.

Dymuna'r cyhoeddwyr gydnabod cymorth
ariannol Cyngor Llyfrau Cymru.
ISBN 978-1-80099-137-8

DIRGELWCH Y DIEITHRYN

Elgan Philip Davies

PENNOD 1

'Gwych,' meddai Carys. 'Ro'dd y tywydd yn wych, ro'dd y bwyd yn wych. A'r pethe o'dd i'w neud 'na, ro'n nhw yn ... Alla i ddim eu disgrifio. Ro'n nhw yn ... yn ...'

'Wych?' cynigiodd Elwyn.

'Ie, ti'n iawn. Ro'n nhw'n wych.'

'Iiaaaaaaaaww!' Agorodd Alun ei geg mor llydan ag y gallai. Roedd Alun yn esgus ei fod wedi blino oherwydd ei fod wedi cael *llond bola* ar glywed Carys yn brolio am ei gwyliau yn Disneyworld. Roedd hi'n bnawn dydd Llun, wythnos olaf gwyliau'r haf, a'r tro cyntaf i holl blant Blwyddyn 5 fod gyda'i gilydd ers i'r ysgol gau. Roedd gan bob un ohonyn nhw gymaint i'w ddweud, yn enwedig Colin a oedd wedi symud i ffwrdd i fyw ers iddo weld pawb ddiwethaf. Roedd yn mwynhau wythnos o wyliau yn aros gydag Alun, ond doedd e, na neb arall, wedi cael cyfle i ddweud gair am eu gwyliau nhw gan fod Carys wedi bod wrthi ers oriau ac oriau ac oriau – neu o leiaf roedd e'n teimlo fel oriau ac oriau ac oriau – yn sôn am America a Disneyworld.

'... ac ma Rheilffordd Fawr Mynydd y Daran yn wych hefyd. Ma'r trên yn mynd fel mellten i lawr y mynydd. Chwythodd y gwynt het haul Dad i ffwrdd ar y daith. Ro'dd e'n ofni ei fod wedi'i cholli ond pan aethon ni i Ynys Tom Sawyer ...'

Allai Alun ddim dioddef eiliad arall o hyn.

'Wyt ti'n dod, Colin?' gofynnodd.

'Odw,' atebodd Colin, yn falch o'r cyfle i ddianc.

Roedd hwn yn gyfle rhy dda i'r lleill ei golli hefyd.

'Gwell i finne fynd,' meddai Catrin.

'A finne,' meddai Iwan.

'Mae'n siŵr o fod yn amser te,' meddai Owain.

'Wedes i wrth Mam na fydden i'n hir iawn,' cofiodd Iola.

'Addawes i helpu Dad i dorri'r lawnt,' ychwanegodd Steffan.

'Arhoswch amdana i,' galwodd Mair mewn braw.

'Ac amdana i,' meddai Bethan.

'Wedes i wrthoch chi am y Fordaith Drwy'r Jwngwl?' gofynnodd Carys gan eu dilyn.

'Do,' meddai pawb.

'Am Fôr-ladron y Caribî?'

'DO!'

'A'r Daith i'r Blaned Mawrth?'

'DO!!'

Roedd tair mynedfa swyddogol ac o leiaf wyth mynedfa answyddogol i'r parc. Er bod defnyddio'r rhai answyddogol yn golygu dringo dros waliau, gwthio drwy gloddiau a gwasgu rhwng bariau – heb sôn am ddioddef pryd o dafod gan ofalwr y parc pan fyddai'n dal rhywun yn gwneud y pethau hynny – roedd yn well gan y plant ddefnyddio'r rhain na'r rhai swyddogol.

Roedd un o'r llwybrau answyddogol yn mynd y tu ôl i sied y clwb bowlio, o dan ffens, i fyny llethr a thrwy glawdd o goed bythwyrdd i mewn i ardd tŷ a oedd yn wag ers sawl blwyddyn. Wedyn roedd hi'n hawdd croesi'r ardd a'r iard – a oedd yn ddigon mawr i'r bechgyn chwarae pêl-droed yno weithiau pan oedd gofalwr y parc wedi gwrthod gadael iddyn nhw gicio pêl yn y parc – at y glwyd ac allan i'r stryd. Dyma'r ffordd yr aeth Alun, a'r lleill yn ei ddilyn. Ddywedodd neb 'run gair wrth ddringo'r llethr. Heblaw am Carys.

'Wedes i wrthoch chi fod 'na bwll nofio yn y gwesty?'

gofynnodd wrth iddi wthio drwy'r coed bythwyrdd.

'Do,' atebodd Bethan a oedd yn cerdded o'i blaen hi, gan ollwng y gangen roedd hi'n ei dal i dasgu'n ôl a tharo Carys ar ei choes.

'Aw!'

''Drychwch!' meddai Alun, a oedd newydd gamu allan o gysgod y coed i olau llachar yr haul.

'Do'dd dim rhaid i ti neud 'na, Bethan,' cwynodd Carys.

'Bydd dawel, Carys,' meddai Alun. 'Ma rhywun 'ma.'

Cododd Carys ei phen a syllu, gyda'r gweddill, ar y fan Escort a oedd wedi'i pharcio ar bwys y tŷ.

O ganlyniad i flynyddoedd o gario llwythi trwm, roedd cefn y fan bron â chyffwrdd â'r llawr, a'i thrwyn yn yr awyr, er nad oedd ganddi reswm yn y byd dros fod yn ffroenuchel. Yma a thraw ar hyd ei chorff glas roedd ynysoedd o rwd coch, paent llwyd, tolciau a chrafiadau. Ar ei hochr roedd y geiriau 'Dafydd Dwyfor – Pysgod Ffres' yn dal i'w gweld yn glir drwy gôt ddiweddar o baent. Cerddodd Alun yn araf tuag ati, a bob yn un ac un dilynodd y lleill nes bod y criw i gyd yn sefyll o gwmpas y fan.

'Ma allwedd ynddi,' meddai Colin wrth edrych drwy ffenest y gyrrwr.

'Ma 'na hen lieiniau a chynfasau yn y cefn,'

galwodd Iola.

'Pwy sy bia hi?' holodd Catrin.

'Ma nhw'n siŵr o fod yn y tŷ,' meddai Owain.

'Ond *pwy* y'n nhw?' gofynnodd Nicola. ''Sneb wedi byw 'ma ers blynyddoedd.'

'Ma golau yn y tŷ,' sylwodd Steffan, gan fynd yn agosach at yr adeilad.

Roedd drws y cefn ar gau ond roedd golau gwan bwlb yn un o'r stafelloedd ar y llawr gwaelod. Heb ddweud gair, dechreuodd pawb symud fel un at ffenest y stafell honno.

'Chi'n chwilio am rywbeth?'

Roedd drws y cefn wedi'i agor ac roedd dyn ifanc yn sefyll yno, yn gwisgo crys-T du a jîns a oedd wedi hen golli eu lliw ac wedi'u rhwygo dan y pennau gliniau. Roedd ei wallt cyrliog brown yn flêr, ac ôl baw a llwch ar ei wyneb tywyll. Gwthiodd ei ddwylo i'w bocedi a phwyso'n hamddenol yn erbyn ffrâm y drws.

'Wel, wel – pob un 'di colli ei dafod?' Doedd y dieithryn ddim wedi siarad yn gas â nhw nac wedi codi'i lais, ond roedd yn amlwg ei fod yn disgwyl iddyn nhw ei ateb. Roedd y plant yn teimlo'i fod e wedi hen arfer â chael pobl i ufuddhau iddo.

'Di ... di ... di ... di ... di ...' baglodd Anwen. Llyncodd a dechreuodd eto. 'Di ... di ... di ...'

'Ro'n ni'n meddwl bod y lle'n wag,' esboniodd Elwyn.

'Ac yn meddwl dod yma i chwarae?'

'Nage,' meddai Alun. 'Yn y parc ro'n ni'n chwarae.'

'Dim ond cerdded drwy'r ardd i'r stryd o'n ni,' ychwanegodd Carys.

'Tresmasu 'te?'

Ddywedodd neb 'run gair. Roedd eu cegau'n sych gan ofn. Safai pob un yn hollol dawel ac yn hollol lonydd. Petaen nhw'n chwarae gêm parti pen-blwydd yr eiliad honno fe fyddai wedi bod yn amhosib dewis y gorau – roedd pob un ohonyn nhw'n ddelw berffaith. Tyfodd rhyw ddistawrwydd rhyfedd o gwmpas yr ardd. Roedd y plant yn gallu clywed sŵn ceir a phobl yn galw ar ei gilydd ar y stryd, a hynny ddim ond deg llath oddi wrthyn nhw. Ond yno, gyda'r dieithryn yn edrych yn dreiddgar arnyn nhw, ro'n nhw'n teimlo'u bod wedi'u cau allan o weddill y byd.

Martin fyddai'r cyntaf i fod allan o'r gêm. Dechreuodd ei goes grynu. Er ei fod yn credu bod ei draed wedi magu gwreiddiau yn y pridd, gwthiodd ei droed dde yn ddyfnach i'r ddaear i drio'i chadw'n llonydd ond roedd y nerf yn ei goes yn dal i neidio fel sboncyn y gwair. Edrychodd y dieithryn arno a suddodd calon Martin i'w dreinars.

'Y'ch chi i gyd yn blant lleol?' gofynnodd.

Nodiodd Martin ei ben fel tegan trydan. Ceisiodd y lleill ateb ond dim ond Carys, Alun ac Owain lwyddodd i ddweud 'Ydyn.'

Nodiodd y dieithryn ei ben hefyd – ond yn araf, araf fel pe bai'n meddwl am rywbeth hollol wahanol.

Yna gwenodd gan ddangos rhes o ddannedd a oedd yn disgleirio'n wyn yn erbyn ei groen tywyll. 'Ac ry'ch chi'n mynd i'r ysgol leol?' gofynnodd.

'Ydyn,' atebodd Elwyn.

'Y'ch chi'n hoffi'r ysgol?'

'Wel ...' atebodd Steffan.

'Ond mae'n siŵr eich bod chi'n hoffi gwneud rhywbeth. Beth am gyfrifiaduron?'

'O, ie,' meddai Huw.

'Rwyt ti'n hoffi defnyddio'r cyfrifiadur, wyt ti?'

'Odw.'

'Sawl cyfrifiadur sydd 'da chi yn yr ysgol?'

'Ma sawl un ym mhob dosbarth,' atebodd Steffan.

'Ma hyd yn oed rhai 'da'r uned feithrin hefyd,' ychwanegodd Huw.

'Ac argraffydd gyda phob un?' gofynnodd y dieithryn.

'Oes.'

'Mae Mrs Walters wedi cysylltu allweddell ag

un yr uned feithrin ac mae'n gallu chwarae pob math o gerddoriaeth.'

'Allweddell, ie?' holodd y dieithryn.

Roedd yn siarad yn fwy caredig nawr gan gydymdeimlo â'r plant am yr holl waith cartref ro'n nhw'n gorfod ei wneud. Ond er gwaethaf tôn garedig ei lais do'n nhw ddim yn teimlo damaid yn llai nerfus yn ei gwmni – yn enwedig Tracy.

Roedd ei rhieni yn ei rhybuddio bob tro roedd hi'n mynd allan i chwarae neu i nôl neges o'r siop i beidio â siarad â phobl ddieithr, hyd yn oed os o'n nhw'n garedig wrthi. Roedd rhywun o'r heddlu wedi siarad â nhw am hyn yn yr ysgol hefyd.

'Gwell i ni fynd,' meddai Tracy wrth ei ffrindiau.

Edrychodd y dieithryn arni a dweud, 'Ie, cyn i'ch rhieni chi ddechrau poeni.' Dechreuodd y criw gerdded i gyfeiriad y stryd ond galwodd y dieithryn ar eu hôl. 'Cofiwch – dydy'r ardd 'ma ddim yn llwybr cyhoeddus, iawn?'

Daeth y teimlad annifyr yn ôl i'r plant ac roedd rhai ohonyn nhw'n credu eu bod yn mynd i gael stŵr. Llwyddodd tri ohonyn nhw i ddweud 'Iawn', ond roedd pennau'r gweddill yn nodio fel canghennau yn y gwynt.

'Newch chi ddim cerdded drwy erddi pobl eto,

newch chi?'

Tri 'Na', a chwifiodd y canghennau unwaith eto.

'Reit, bant â chi.'

Daeth nerth yn ôl i'w coesau o rywle a heb oedi am eiliad, i ffwrdd â'r plant am y stryd. Ro'n nhw'n cerdded yn araf i ddechrau, ond fel trên yn codi stêm, ro'n nhw i gyd yn rhedeg nerth eu traed erbyn iddyn nhw gyrraedd y glwyd.

Edrychodd y dieithryn arnyn nhw'n diflannu heibio i wal yr ardd. Gwenodd a thynnu cefn ei law dde ar draws ei dalcen gan adael llinell drwchus ddu arall yng nghanol y chwys. Trodd ar ei sawdl ac aeth i mewn i'r tŷ gan gau'r drws ar ei ôl.

'Wel, 'na hen ddyn ofnadw,' meddai Anwen. 'Dw i ddim eisie'i weld e byth eto.'

'Na finne,' atebodd Bethan. 'Ro'dd e'n frwnt ac yn gas.'

'Ond ro'n ni yn tresmasu,' meddai Elwyn.

'Ond do'n ni ddim yn neud dim byd o'i le.' Teimlai Alun ei fod wedi dioddef cam mawr – roedd e wedi gwneud hyn sawl gwaith o'r blaen. 'Dw i wedi dod drwy'r ardd 'na filoedd ar filoedd o weithie a 'sdim byd wedi digwydd.'

'Ro'dd y tŷ'n wag bryd'ny,' meddai Tracy.

'Mae e'n wag nawr,' meddai Steffan. 'Do'dd 'na ddim byd yn y stafell ble ro'dd y golau 'mlân.'

'Ma 'na wastad ddodrefn neu focsys o gwmpas y lle pan y'ch chi'n symud tŷ,' ychwanegodd Colin, gan siarad o brofiad. Roedd e newydd symud tŷ ac roedd hanner ei deganau'n dal i fod mewn bocsys.

'Falle mai trwsio'r tŷ o'dd e, yn barod i'r perchnogion newydd symud i fyw iddo fe,' cynigiodd Catrin.

'Do'dd dim offer adeiladu yn unman,' meddai Huw.

'Nago'dd,' cytunodd Owain. 'Falle'i fod e'n trio cuddio rhywbeth.'

'Ac yn ofni y bydden ni'n ei weld,' meddai Iwan. 'Ro'dd e'n ymddwyn yn gwmws yr un peth â'r dyn yn y llyfr *Cyfrinach Castell Cam* ble ro'dd y lladron wedi cuddio'r aur ro'n nhw wedi'i ddwyn o'r trên o'dd yn mynd ag e i'r bathdy yn Llantrisant.'

'Ie,' meddai Mair a oedd hefyd wrth ei bodd yn darllen llyfrau antur. 'Do'dd y dyn hwnnw ddim yn ddyn neis, chwaith, ac fe rybuddiodd e blant y pentre hefyd i beidio â mynd yn agos at y Castell byth eto.'

'Ond nath y dyn 'ma ddim ein rhybuddio ni,' meddai Nicola.

'Do fe nath e,' meddai Alun yn syn. 'Beth wyt ti'n feddwl ddwedodd e 'te?' Chafodd e ddim ateb gan Nicola.

'Dylen ni gadw golwg ar y tŷ i weld beth ma'r dyn yn neud 'na,' meddai Martin.

'Dyna nath Gwyn a Siân yn *Antur yr Awyren Arian*,' meddai Mair. 'Ro'n nhw'n amau mai'r dyn â'r graith ar ei wyneb a o'dd wedi dod i fyw i Lys y Meudwy o'dd yr un dyn ro'n nhw wedi'i weld ar eu gwyliau yn Llydaw. Fe gadwon nhw lygad barcud arno fe, ac felly daliodd yr heddlu y smyglwyr cyffuriau.'

'Ro'n i'n meddwl fod wyneb y dyn yn y tŷ yn gyfarwydd,' meddai Anwen.

'O'dd e?' gofynnodd Mair yn frwdfrydig.

'Wel, ro'dd e *yn* frwnt a'i wallt yn flêr, ond dw i *yn* meddwl 'mod i wedi gweld ei wyneb e o'r blaen. Mewn llyfr, neu mewn papur newydd, falle.'

'Yr un peth â Llinos a Llywelyn, yr efeilliaid, yn *Dau yn Dal Dihirod*,' meddai Iwan. 'Do'dd neb arall wedi sylweddoli mai'r un dyn o'dd y carcharor â'r un o'dd â'i lun yn y papur newydd, a'r ymwelydd amheus yn y pentre. Roedd PC Parri wedi'u rhybuddio i feindio'u busnes, ond trwy ei ddilyn e i bobman llwyddodd Llinos a Llywelyn i'w rwystro fe a'i gang rhag herwgipio mab Arlywydd Ingalia a oedd ar ei wyliau ym Mhlas Gwernole.'

'Neu falle fod y dyn yn y tŷ wrthi'n paratoi'r lle ar gyfer ei gang,' meddai Mair yn wyllt. 'Yr un peth â

Gwaedd y Golomen Goch lle mae ...'

'Paid â bod yn ddwl,' meddai Tracy.

'Storïau yw'r rheina. Dyw pethe fel 'na ddim yn digwydd go iawn.'

'Pam? Ma 'na bobl ddrwg ym mhobman.'

'Ac ma nhw i gyd yn fwy ac yn gryfach na phlant,' meddai Elwyn. 'Wyt ti'n credu y gallen ni fod wedi neidio ar ben y dyn 'na gynne a'i ddal e?'

Aeth pawb yn dawel. Ro'n nhw i gyd yn cofio'r teimlad annifyr a gawson nhw pan ddaliodd y dyn nhw yn yr ardd. Y teimlad o fod mewn lle cyfarwydd a oedd mor agos at stryd ro'n nhw wedi cerdded droeon ar ei hyd, a phobl ro'n nhw'n eu nabod, ond a oedd yr eiliad honno yn bell, bell, bell i ffwrdd.

'Beth y'n ni'n mynd i neud, 'te?' gofynnodd Iola.

'Anghofio am y cyfan a mynd adre,' meddai Elwyn.

'Ie,' cytunodd Tracy. 'Falle nad yw e'n ddyn drwg, a'r peth gore allen ni'i neud yw gadael llonydd iddo fe a pheidio â mynd yn agos at y tŷ byth eto.'

Nodiodd rhai o'r lleill eu pennau, ond doedd Alun ddim mor siŵr. 'Ond beth os yw e *yn* ddyn drwg?' gofynnodd.

'Gwaith yr heddlu yw dal dynion drwg,' atebodd Elwyn.

'Ond beth os dydyn nhw ddim yn gwbod ei fod e

yn y tŷ?' Edrychodd Alun ar Iwan a Mair. Roedd hi'n amlwg eu bod nhw'u dau'n cytuno â fe a do'n nhw ddim yn mynd i anghofio am y dyn.

'Ceith pawb neud beth ma nhw moyn,' meddai Alun. 'Ond dw i'n mynd i ddod 'nôl fory i weld a fydd y dyn yn dal yma, a beth ma fe'n 'i neud yn y tŷ.'

Cerddodd y plant ymlaen i fyny'r stryd; pob un yn dawel. Heblaw am Carys.

'Ma hyn yn debyg iawn i'r ffilm weles i ar yr awyren pan hedfanon ni i Disneyworld. Wedes i wrthoch ...'

'DO!!!'

PENNOD 2

Roedd y pinwydd yn crafu ei freichiau a'i goesau ond daliodd Alun ati i grafangu ei ffordd i fyny'r goeden. Roedd yn benderfynol o ddringo mor uchel ag y gallai er mwyn gweld beth yn union oedd yn digwydd yn y tŷ. Bob ochr iddo ar goed eraill yng nghefn y tŷ roedd Mair ac Iwan yn dringo, a rhywle yn y tyfiant o'i gwmpas roedd Iola, Carys, Colin a Martin – yr unig rai a oedd wedi cytuno y noson cynt i gwrdd ag ef yn y parc yn gynnar fore trannoeth.

Roedd Mair wedi awgrymu y dylen nhw gyfarfod ar doriad gwawr, ond doedd neb yn rhyw siŵr iawn pryd oedd toriad gwawr! Gan fod Martin wedi addo y byddai'n rhoi bwyd allan bob bore i gath ei berthnasau tra o'n nhw ar eu gwyliau, a nhw'n byw bron ym mhen pella'r dref, cytunodd pawb i gyfarfod am hanner awr wedi deg.

'Carys! Bydd yn ofalus!' galwodd Martin. 'Rwyt ti'n sefyll ar fy llaw i.'

'Wel symuda draw, 'te. Do's dim lle i ddau ar y goeden yma. Aw! Pwy daflodd hwnna?' Distawrwydd.

'Dw i eisie gwbod pwy daflodd y brigyn 'na. Daliodd e fi reit ar 'y nhrwyn i.'

'Bydd dawel, Carys. Neu bydd yn well i ti fynd adre.'

'Paid ti â dweud wrtha i beth i neud, Alun Wyn Morgan. Ma cymaint o hawl 'da fi â ti i fod 'ma.'

'Fydd dim un ohonon ni 'ma'n hir os wyt ti'n mynd i gadw sŵn,' meddai llais Iwan o rywle yng nghanol y coed. 'Bydd y dyn yn siŵr o dy glywed di.'

'Paid ti â dechre ...'

'Hisht!' galwodd Alun yn dawel. 'Ma fe'n dod mas.' Rhewodd pawb.

'Beth ma fe'n neud?' gofynnodd Carys.

'Hisht!'

'Alla i ddim gweld dim o fan hyn,' sibrydodd Carys yn uchel. 'Neith rhywun plis ddweud wrtha i beth ma'r dyn yn neud?'

'Mae e'n chwilio am rywbeth yng nghefn y fan,' atebodd Colin.

'Yn rhoi rhywbeth yng nghefn y fan, rwyt ti'n feddwl,' meddai Iola.

'Nage,' meddai Mair. 'Do'dd dim byd 'da fe pan ddaeth e mas o'r tŷ.'

'O'dd. Ro'dd e'n cario cwdyn du.'

'Nago'dd.'

'O'dd.'

'Ti sy'n meddwl 'ny. Gweld y bin sbwriel y tu ôl iddo fe ar bwys y drws wnest ti.'

'Nage.'

'Hisht!'

Tawelodd pawb unwaith eto a chyfrodd Carys i ddeg cyn gofyn: 'Beth mae e'n neud nawr?'

'Mae e wedi mynd 'nôl i'r tŷ,' atebodd Iwan.

'Reit,' meddai Carys. 'Dw i'n dod lan.' Ac estynnodd am gangen uwch ei phen er mwyn ei thynnu ei hun bron i dop y goeden.

'Paid!' meddai Alun o ganol y dail wrth ymyl.

'Beth?'

'Aros ble rwyt ti.'

'Alla i ddim! Dw i'n hongian ar gangen heb ddim byd o dan 'y nhraed i.'

'Wel, cadwa'n llonydd 'te, a bydd dawel.'

'HY!'

Llwyddodd Carys i gadw'n dawel ond roedd cadw'n llonydd bron yn amhosibl. Roedd ei breichiau'n gwanhau ac roedd yn rhaid iddi siglo'i choesau'n ôl ac ymlaen i geisio teimlo am gangen i sefyll arni.

Dechreuodd y goeden wegian o dan yr holl symud a chyn hir roedd hithau'n siglo'n ôl ac ymlaen fel pe bai ganddi storm yn arbennig iddi hi ei hun.

'Carys!' rhybuddiodd Alun. Brathodd Carys ei thafod a theimlo gyda'i thraed. O'r diwedd teimlodd gangen gadarn oddi tani a rhoddodd ei phwysau i gyd arni.

'Reit,' meddai gan dynnu cangen yn araf i'r ochr fel y gallai weld cefn y tŷ. 'Ble ma'r dyn nawr?'

'Mae e newydd yrru'r fan mas drwy'r glwyd,' atebodd Colin.

'Beth?'

'Popeth yn iawn. Welodd e monot ti.'

'Weles i mono fe, chwaith!'

'Tybed ble mae e wedi mynd?' gofynnodd Iwan.

'I gwrdd â gweddill y gang,' cynigiodd Mair.

'Dy'n ni ddim yn gwbod eto os oes gang 'da fe,' meddai Iola.

'Rhaid i ni ei ddilyn a gweld i ble mae e'n mynd,' mynnodd Alun yn bwyllog. 'Dyle rhywun fod yn y stryd gyda beic yn disgwyl amdano fe ac yn ei ddilyn pan mae e'n gadael y tŷ.'

'Wel, beth y'n ni'n mynd i neud nawr?' gofynnodd Carys. 'Dw i ddim yn mynd i aros lan fan hyn drwy'r bore.'

'Falle bydd e'n dod 'nôl mewn munud,' meddai Iwan yn obeithiol.

'A falle'i fod e wedi mynd ar ei wyliau. Dyma beth yw gwastraff amser. Ro'n i'n meddwl y bydde hyn yn gêm dda ac yn dipyn o hwyl,' cwynodd Carys. 'Dw i'n mynd!'

'Aros,' galwodd Alun. 'Ma fe'n dod 'nôl.'

Roedd y dieithryn yn cerdded wysg ei gefn heibio cornel y tŷ gan chwifio'i freichiau fel pe bai'n galw rhywun ato. Roedd y plant yn gallu clywed ei lais hefyd ond yn methu deall beth roedd e'n ei ddweud. Yna fe welson nhw gefn fan fawr goch yn dod i'r golwg.

'Gweddill y gang,' meddai Mair.

'Nage, fan symud dodrefn yw hi,' meddai Colin. 'Neud lle iddi hi o'dd y dyn.'

Stopiodd y fan, dringodd dau ddyn allan o'r cab a cherdded i'r tu ôl iddi. Siaradodd y ddau â'r dieithryn am ychydig, yna agorodd un ohonyn nhw ddrysau cefn y fan a mynd i mewn iddi.

'Mae e'n symud i'r tŷ,' meddai Iwan pan welodd y dynion yn dechrau dadlwytho'r fan.

'Dw i'n mynd i nôl fy meic,' meddai Alun. 'Arhoswch chi 'ma i gadw llygad arnyn nhw. Fydda i ddim yn hir.'

'Dw i'n dod gyda ti,' meddai Carys a symudodd ei

throed i gangen is ar y goeden.

'Awww!' protestiodd Martin pan roddodd ei throed ar ei law.

'Sori.'

Eiliad yn ddiweddarach roedd y ddau wedi disgyn o'r coed ac yn sgathru i lawr y llethr i'r parc.

Torrodd Carys ac Alun ar draws y parc at y fynedfa answyddogol agosaf at eu cartrefi (roedd honno'n mynd rhwng y coed rhododendron a'r wal uchel â'r gwydr wedi torri ar ei phen, a heibio i gefn Tesco. Wedyn roedd yn rhaid iddyn nhw wthio rhwng rheiliau'r parc i mewn i gwli cul wrth ochr Tesco a oedd yn mynd allan i'r ffordd fawr).

Neidiodd y ddau dros y borderi blodau a gwthio drwy'r llwyni a oedd yn rhannu'r parc yn ardaloedd gwahanol.

Ro'n nhw newydd wthio drwy'r llwyn a oedd o amgylch y lawnt golff naw twll pan redodd Alun yn syth i mewn i Bawo Bowen, gofalwr y parc.

Doedd Alun a Bawo Bowen ddim yn ffrindiau da iawn. Eisoes yr haf hwnnw roedd Alun wedi cael pryd o dafod ganddo fe am reidio'i feic drwy'r parc (dair gwaith), defnyddio ffon golff fel cleddyf (dwywaith), cicio pêl i ganol y llyn pysgod ac yna padlo i mewn i'w nôl hi (bedair gwaith), dringo i fyny tu blaen y llithren yn lle defnyddio'r grisiau (27 gwaith – wyth gwaith mewn un prynhawn), defnyddio biniau sbwriel y parc i wneud cestyll tywod ym mhwll tywod y plant bach (dwywaith) a chloi'r cwrt tennis pan oedd pobl wrthi'n chwarae (unwaith). Colin oedd wedi cloi'r cwrt tennis ond gan fod Alun wedi gwneud cymaint o ddrygioni erbyn hynny, doedd y gofalwr ddim yn credu ei fod yn ddieuog. A doedd e chwaith ddim yn derbyn dadl Alun mai'r gofalwr ei hun oedd ar fai am adael yr allwedd yn y clo yn y lle cyntaf.

'Bawo! Ti 'to!' meddai'r gofalwr pan sylweddolodd mai Alun oedd newydd daro yn ei erbyn. 'Pa ddrygioni wyt ti wedi bod yn 'i neud nawr?'

'Dim,' atebodd Alun, gan anghofio ei fod newydd dorri o leia hanner dwsin o reolau'r parc y bore hwnnw.

'Pam o'ch chi'ch dau'n rhedeg yn wyllt, 'te?'

'Ry'n ni'n mynd adre,' meddai Carys.

Roedd Alun bron â dweud 'i nôl ein beiciau', ond sylweddolodd mewn pryd na fyddai Bawo Bowen yn falch o glywed hynny.

'Diolch byth fod yr ysgol yn dechre wythnos nesa,' meddai'r gofalwr, gan blygu a phwyntio'i fys at Alun. 'Rhaid i fi gael gair gyda'r prifathro amdanat ti. Rwyt ti'n fwy o drwbwl na nythed o gacwn.' Arhosodd a sythu. 'Bawo! O'dd 'da ti rywbeth i neud â'r gwenyn 'na yn stafell newid y clwb tennis?'

'Nag o'dd!' Siglodd Alun ei ben ond edrychai'r gofalwr yn amheus iawn arno am rai eiliadau.

'Hm! Bant â chi, 'te. A pheidiwch â rhedeg!' gwaeddodd wrth i'r ddau ddechrau carlamu oddi yno.

Doedd y pum cyfaill yn y coed ddim wedi symud modfedd ers i Carys ac Alun eu gadael, ac yn dal i edrych ar y dynion yn cario rhagor o ddodrefn a sawl bocs cardfwrdd mawr i mewn i'r tŷ.

'Ma nhw'n mynd i aros 'na am amser hir,' meddai Iola. 'Ma'n siŵr eu bod nhw'n cynllwynio rhywbeth mawr.'

'Bocsys teledu a stereos yw'r rheina,' meddai Martin.

'Ma nhw wedi cario bron i ddeg ohonyn nhw i'r tŷ,' meddai Colin.

'Hei!' meddai Iwan. 'Falle'u bod nhw wedi bod yn dwyn yn barod.'

'Ie! Lladron y'n nhw,' meddai Mair yn bendant. 'Ro'n i'n iawn!'

PENNOD 3

'Mam-wi'n-mynd-mas-ar-y-beic-draw-i'r-parc-gyda-Carys-fydda-i-ddim-yn-hir,' galwodd Alun wrth redeg heibio ffenest y gegin, gan obeithio'i fod wedi ateb pob un o gwestiynau ei fam cyn iddi hi eu gofyn nhw.

Roedd ei goesau'n pwmpio pedalau'r beic fel llygoden ar olwyn caetsh. Er ei fod yn hen gyfarwydd â reidio'i feic ar hyd strydoedd y dref, ac wedi pasio ei brawf diogelwch, roedd Alun yn ofalus iawn ar bob cyffordd a thro ar y ffordd i dŷ Carys.

Gwelodd Alun hi'n gwthio'i beic i lawr llwybr yr ardd a galwodd arni. 'Barod?'

'Odw,' atebodd Carys gan wisgo'i helmed ddiogelwch, ac i ffwrdd â'r ddau. Wrth iddyn nhw droi i mewn i stryd tŷ'r dieithryn gwelodd y ddau y fan fawr goch yn tynnu allan i'r stryd ac yn gyrru i ffwrdd, ond roedd y fan las yn dal i fod o flaen y tŷ.

'Ma nhw'n mynd!' gwaeddodd Carys.

'Gwell i ni aros i weld beth ma'r dyn yn 'i neud.' Ac ar y gair, daeth y dieithryn i'r golwg rownd cornel y tŷ, aeth i mewn i'r fan las a gyrrodd i fyny'r stryd ar ôl y fan fawr.

'Ar 'i ôl e,' gwaeddodd Alun gan neidio ar gefn ei feic.

Roedd nifer fawr o bobl yn dal i fod ar eu gwyliau yn yr ardal ac roedd ffyrdd canol y dref yn llawn ceir.

Oherwydd hyn, gallai Alun a Carys fynd yn weddol gyflym a chadw'n agos at y fan las a oedd yn gorfod llusgo'n araf drwy'r strydoedd. Ond unwaith ro'n nhw allan o ganol y dref, dechreuodd y fan gyflymu gan adael y ddau ymhell ar ei hôl.

'Ni wedi'i golli fe,' meddai Carys pan drodd y ddau gornel a gweld y stryd o'u blaenau'n wag. Pedlodd Alun ymlaen i fyny'r stryd gan edrych o'i amgylch yn ofalus. Roedd yn hen gyfarwydd â'r stryd hon gan ei fod yn cerdded ar ei hyd bob dydd wrth fynd i'r ysgol ac roedd yn gyfarwydd â phob bwlch a llwybr lle gallai'r fan fod yn cuddio. Roedd e'n siŵr bod y fan yno yn rhywle.

Dilynodd Carys e gan edrych i mewn i bob gardd wrth fynd heibio iddyn nhw ond cyrhaeddodd y ddau ben pella'r stryd heb weld golwg o'r fan yn unman.

'Mae hi wedi diflannu,' meddai Alun.

'Odi,' meddai Carys. 'Gwell i ni fynd 'nôl at y lleill.'

Trodd y ddau a mynd i lawr stryd yr ysgol. Llai nag wythnos o'r gwyliau ar ôl, meddyliodd Alun, ac yna dechrau ym Mlwyddyn 6 ...

''Co hi!' gwaeddodd Carys.

Trodd Alun a gweld y fan las yn iard yr ysgol, bron o'r golwg y tu ôl i stafell Blwyddyn 6.

'Dyma'n cyfle ni,' meddai Mair pan welodd fod y dieithryn, yn ogystal â'r dynion yn y fan goch, yn gadael.

'Ein cyfle ni i beth?' gofynnodd Martin.

'I fynd lawr i'r tŷ.'

'Dwyt ti ddim yn mynd i fynd mewn i'r tŷ?' gofynnodd Iola'n syn.

'Wrth gwrs 'mod i. Rhaid i ni gael gwbod be sy yn y bocsys 'na. Dyna nath Elen a Megan yn *Gwaedd y Golomen Goch*. Ro'n nhw wedi gweld y lladron yn cario bocs mawr i mewn i'r hen fwthyn, a phan adawodd y lladron i fynd i'r pentre i brynu bwyd aeth y ddwy i mewn i'r bwthyn i weld beth o'dd yn y bocs. A dyna beth y'n ni'n mynd i neud.'

'Dw i'n dod gyda ti,' meddai Iwan.

'A finne,' meddai Colin. 'Ond gwell i rywun aros fan hyn.'

'Arhosa i,' cynigiodd Iola ar unwaith. Doedd ganddi ddim awydd mynd i'r tŷ o gwbl. 'Os neith rhywun aros gyda fi.'

'Arhosa i gyda Iola,' meddai Martin gan ochneidio. Ond mewn gwirionedd, roedd e'n falch o gael esgus i aros yn y goeden – ac fe ychwanegodd, 'Rhag ofn i'r bwci-bo ddod,' er mwyn dangos y byddai wrth ei fodd yn mynd gyda'r lleill oni bai am Iola.

Mewn chwinciad roedd Mair, Iwan a Colin wedi disgyn o'r goeden ac yn rhedeg ar draws yr ardd.

'Dringo drwy ffenest y gegin nath Elen a Megan,' meddai Mair. 'Ro'dd y lladron wedi'i gadael hi ar agor.'

'Wel ma ffenest y gegin 'ma ar gau,' meddai Iwan.

'Beth am drio'r drws?' awgrymodd Colin. 'Dw i ddim yn credu bod y dyn wedi'i gloi.'

'Paid â bod yn ddwl,' meddai Mair. 'Fydden nhw byth yn mynd a gadael y drws ar agor. Dyw hyd yn oed lladron ddim mor dwp â 'ny.'

Trodd Colin fwlyn y drws a'i wthio. Agorodd y drws yn hawdd ac edrychodd Colin i mewn i gegin fechan.

'Cer mewn,' gorchmynnodd Mair.

Ond arhosodd Colin ar y trothwy – roedd yn dechrau sylweddoli beth ro'n nhw'n ei wneud.

'Cer 'mlân,' meddai Mair gan ei wthio yn ei gefn. Heb gyfle i feddwl na phrotestio, baglodd Colin i mewn i'r tŷ gyda Mair ac Iwan yn ei ddilyn.

Ar wahân i'r cypyrddau ar hyd y waliau a'r ffwrn, roedd y gegin yn wag. Roedd y llawr wedi'i glirio i'w gwneud hi'n haws cario dodrefn i'r stafelloedd eraill. Ar ben un o'r cypyrddau roedd dau focs cardfwrdd bach, ond doedd dim un o'r bocsys mawr i'w weld yn unman.

Caeodd Iwan ddrws y cefn ar ei ôl a dilyn Mair, a oedd yn dal i wthio Colin, drwy ddrws arall y gegin, i'r stafell fyw. Yno roedd peth o'r dodrefn roedd y plant wedi gweld y dynion yn eu cario o'r fan fawr goch, ond dim golwg o'r bocsys cardfwrdd mawr.

'Dy'n nhw ddim 'ma,' meddai Colin. 'Rhaid bod y dynion wedi'u cario nhw'n ôl i'r fan goch heb i ni eu gweld nhw. Gwell i ni adael.'

'Paid â bod yn ddwl!' meddai Mair yn sarhaus. 'Do'n i ddim yn disgwyl gweld y bocsys fan hyn. Ma nhw wedi'u cuddio yn rhywle. Lan lofft neu yn y cwtsh dan stâr.'

'Dyna ble ro'dd y lladron wedi cuddio'r bocs yn *Gwaedd y Golomen Goch*,' meddai Iwan.

'Yn hollol!' meddai Mair, gan wenu'n ddeallus ac ychwanegu, 'Cer i'r cyntedd, Colin.'

'Cer di,' meddai Colin, a oedd wedi cael digon ar fynd yn gyntaf.

'O! Paid â bod yn hen fabi. Iwan, cer di ...'

Oedodd Iwan am eiliad cyn symud. Doedd e ddim yn awyddus iawn i fod yn geffyl blaen, ond doedd e ddim am gael ei alw'n hen fabi chwaith.

Agorodd y drws a daeth gwynt cryf paent ffres i'w drwyn. Roedd yn rhaid i'w lygaid weithio'n galed er mwyn dod i arfer â golau gwan y cyntedd. Gwthiodd Mair ei phen heibio iddo a phwyntio.

'Fan'co.' A rhoddodd broc i gefn Iwan i'w annog tuag at y grisiau. Ond doedd dim angen anogaeth arno fe; roedd e'r un mor eiddgar â Mair nawr i weld beth oedd yn y cwtsh dan stâr.

'Trueni 'sdim tortsh 'da ni,' dywedodd, ar ôl iddo agor y drws bach a syllu'n ddall i mewn i'r düwch.

'Alli di weld rhywbeth?' gofynnodd Mair.

'Na, dim byd, ond dw i'n mynd mewn.' Penliniodd a chropian i'r tywyllwch.

''Sdim isie gole arnoch chi?' gofynnodd Colin, gan estyn am y switsh.

'Paid!' gwaeddodd Mair. 'Dwyt ti'n gwbod dim byd am ladron, wyt ti, Colin? Dyna sut cafodd Sam a Twm eu dal yn *Helynt Hafan yr Heli*. Ro'dd y lladron wedi gadael y plasty mewn tywyllwch er mwyn ffonio peilot yr hofrenydd, ond edrychodd un ohonyn nhw dros ei ysgwydd a gweld yn glir y gole ro'dd Twm heb ei ddiffodd.'

'Ond dyw hi ddim yn dywyll nawr,' protestiodd Colin yn ofer.

'Dw i'n mynd i weld be sy yn y lolfa. Paid ti â chyffwrdd â'r gole,' ac i ffwrdd â Mair. Ddwy funud yn ddiweddarach daeth hi ac Iwan yn ôl i'r cyntedd.

'Dim byd,' meddai Iwan. 'Dim ond dodrefn yn y lolfa.'

'Lan lofft, 'te,' meddai Mair. Heb aros am y ddau arall, i ffwrdd â hi at y grisiau.

Sylwodd y plant (yn enwedig Mair) fod pob un o'r stafelloedd wedi'u paentio a'u papuro yn ddiweddar (ond doedd hi ddim yn hoffi'r dewis). Pan ddaethon nhw i'r stafell wely gefn, anghofiodd y tri ohonyn nhw am y paent a'r papur. Yno, wedi'u gosod yn daclus ar ben ei gilydd, roedd y bocsys mawr.

Rhedodd Mair atyn nhw, dringo i ben cadair ac agor y bocs agosaf gan ddisgwyl gweld offer trydanol drud. 'Llyfre!' a thynnodd allan gopi o atlas o'r byd a geiriadur. Twriodd yn ddyfnach a chael hyd i wyddoniadur trwm. 'Llyfre a mwy o lyfre, a'r rheini'n llyfre diflas iawn, hefyd.'

'Beth am y bocsys eraill?' holodd Iwan.

Bob yn un ac un, aeth y plant drwy'r bocsys gan eu tynnu i lawr i'r llawr, eu hagor a'u gwagio rhag ofn bod yna drysorau o dan y llyfrau.

'Dim ond llyfre,' meddai Colin. 'Ond pam llyfre?'

'Dim syniad,' atebodd Mair.

'Dw i'n gwbod,' meddai Iwan wedi'i gynhyrfu. 'Dwyn o ysgolion ma nhw.'

Cuddiodd Alun a Carys eu beiciau y tu ôl i'r llwyni wrth ochr mynedfa'r ysgol a sleifio ar eu pedwar at yr adeilad. Anelodd y ddau am y fan Escort gan ei bod wedi'i gadael ar bwys drws ochr yr ysgol. Doedd y dyn ddim wrth y fan, a mentrodd y ddau wasgu rhyngddi a wal yr adeilad er mwyn edrych i mewn drwy'r ffenest i'r stafell ddosbarth.

Roedd y dyn yno. Roedd ei gefn tuag atyn nhw ac edrychai'n brysur iawn yn plygu dros rywbeth.

'Beth mae e'n neud?' sibrydodd Carys. 'Dw i ddim yn gallu gweld. Lawr!'

Hanner trodd y dyn ac yn yr eiliad cyn i Alun ddisgyn i'w gwrcwd, gwelodd fod y dyn yn dal sgrin ddu, hirsgwar.

'Mae'n dwyn cyfrifiadur!' meddai gan dynnu Carys i lawr ato.

'Beth? Yr hen ...' a straffaglodd i godi ond daliodd Alun yn dynn ynddi. Roedd Carys wrth ei bodd yn defnyddio'r cyfrifiadur yn ei gwersi, ac wedi hen arfer â gwneud.

'Lleidr yw e,' poerodd, 'ac mae'n dwyn o'n hysgol ni!'

'Dyna pam ro'dd e'n gofyn cymaint o gwestiynau am yr ysgol ac am y cyfrifiaduron,' meddai Alun, gan godi ei ben yn araf i gael cip arall ar y lleidr.

'Glou!' a hanner gwthiodd, hanner tynnodd Alun hi rownd cornel yr adeilad eiliadau'n unig cyn i ddrws ochr yr ysgol agor ac i'r dyn gamu drwyddo'n cario'r sgrin.

Cerddodd y dyn at y fan, agor drws y cefn a rhoi'r sgrin ynddi, yna, heb gau'r drws, aeth yn ôl i'r adeilad.

'Gwell i ni fynd cyn iddo fe ddod 'nôl gyda mwy o offer,' meddai Alun. Nodiodd Carys a rhedodd y ddau am y fynedfa. Ro'n nhw o fewn tri metr i'r fynedfa pan faglodd Carys mewn twll roedd Syr wedi cwyno amdano mewn dau ebost a thair galwad ffôn i'r Swyddfa Addysg y flwyddyn gynt ond heb gael y mateb.

'Aaaaa!' gwaeddodd Carys wrth ddisgyn a sgathru ei phen-glin a'i dwylo ar yr iard. Trodd Alun a rhedeg yn ôl ati.

'Dere 'mlân, Carys, coda, neu bydd e'n siŵr o'n dal ni.'

'Aaaaaa!'

Estynnodd Alun ei law i'w helpu ond pan gydiodd Carys ynddi roedd y boen yn saethu drwy ei braich o'r sgathriad ar ei llaw.

'Aaaaaa!'

'Hisht!' meddai Alun gan glywed drws yr ysgol yn gwichian yn agored. 'Mae e'n dod!' a chan ei hanner cario a'i hanner llusgo, llwyddodd Alun i wthio Carys y tu ôl i un o'r llwyni lle roedd eu beiciau. Yr eiliad nesaf clywodd y ddau injan y fan yn tanio.

'Wwwww!' Roedd briwiau Carys yn boenus iawn.

'Bydd dawel!'

'WWWWwwwwwww!'

Gwelodd Alun drwyn y fan yn dod heibio cornel yr ysgol yn araf. Trodd at Carys. 'Shhh!' gorchmynnodd.

'Odi, mae e yn brifo, Alun. Diolch yn fawr i ti am ofyn. Arnat ti mae'r bai am ...'

Llyncodd Alun ei boer a rhoi ei law dros geg Carys.

'Hymff!'

Gwthiodd Alun Carys i lawr i'r glaswellt wrth i'r fan fynd drwy'r glwyd ... ac aros.

Mae e wedi'n gweld ni! meddyliodd. Roedd ei feddwl yn gwibio fel ysgyfarnog yn ceisio dianc. Beth ar y ddaear roedd e'n mynd i'w wneud? Clywodd sŵn traed y dyn ar y llwybr. Clywodd hefyd sŵn ei galon yn curo. Roedd yn siŵr bod y dyn yn gallu'i chlywed.

'Yrym carym!' meddai Carys oddi tano, a'i phen yn y glaswellt. Ceisiodd wthio Alun i ffwrdd ond gwasgodd Alun ei hwyneb yn ddyfnach i'r glaswellt nes bod ei thrwyn yn y pridd.

Arhosodd y dyn! Yna clywodd Alun y glwyd yn cau. Roedd yn ei chau fel bod neb yn amau bod rhywbeth o'i le, meddyliodd.

Cerddodd y dyn yn ôl at y fan. Gollyngodd Alun ei anadl, ond arhosodd yn llonydd. Caeodd drws y fan, ond arhosodd Alun yn llonydd. Gyrrodd y fan i ffwrdd, ond arhosodd Alun yn llonydd.

Credai Alun na fyddai'n symud byth eto. Roedd ei freichiau a'i goesau wedi troi'n ddŵr. Roedd yn methu eu rheoli. Byddai'n fodlon aros yno am byth.

Pinsiodd Carys ei goes. Symudodd Alun. 'Awtsh! Paid â phinsio fi!'

'Dyw hwnna'n ddim byd o gymharu â beth 'nest ti i fi.' Tynnodd Carys laswellt a dail o'i gwallt a rhoi ei sbectol yn ôl ar ei thrwyn. 'Nac o'i gymharu â beth dw i'n mynd i neud i ti.'

'Paid â gwastraffu amser. Rhaid i ni fynd 'nôl at y lleill ar unwaith. Ddim gêm yw hyn nawr, Carys. Ma'r dyn 'na yn lleidr.' A chydiodd Alun yn ei feic a'i wthio tuag at y glwyd.

Cydiodd Carys yn ei beic hithau a'i ddilyn. 'Ti'n lwcus, Alun, ond arhosa di. Unwaith y byddwn ni wedi dal y lladron, dy dro di fydd hi wedyn.'

Pedlodd y ddau fel y gwynt ar hyd y ffordd fawr, ac yn eu brys i gyrraedd y tŷ cyn gynted ag y gallen nhw, bron iddyn nhw wibio heibio i Tracy ac Elwyn heb eu gweld.

'Hei!' galwodd Elwyn. Gwelodd Carys nhw ac arhosodd. Stopiodd Alun bymtheg metr yn ddiweddarach pan sylweddolodd doedd Carys ddim yn ei ddilyn.

'Beth y'ch chi'ch dau'n neud?' gofynnodd Tracy i Carys.

'Dilyn y lleidr, y dyn 'na welson ni ddoe yn y tŷ.'

'Dyw e ddim yn lleidr,' meddai Tracy.

'Odi. Mae e yn lleidr. Gwelodd Alun a finne fe'n dwyn y cyfrifiadur o'r ysgol.'

'Beth?' meddai Elwyn yn syn.

'Do. Fe ddilynon ni fe o'r tŷ a ...'

'Carys!' galwodd Alun yn ddiamynedd. 'Wyt ti'n dod?'

'Odw,' a dringodd ar ei beic.

'I ble ry'ch chi'n mynd nawr?' gofynnodd Tracy.

''Nôl i'r tŷ. Ma Mair, Iola, Martin, Iwan a Colin yn cadw llygad ar y tŷ rhag ofn i'r lladron eraill ddod 'nôl.'

'Lladron eraill?' gofynnodd Elwyn.

'Carys, dw i'n mynd!'

'Dw i'n dod!' ac i ffwrdd a'r ddau. Syllodd Tracy ac Elwyn ar ôl y ddau.

'Rhaid i ni neud rhywbeth cyn iddyn nhw fynd dros ben llestri,' meddai Elwyn.

'Bydd,' cytunodd Tracy. 'Ma nhw'n siŵr o fynd i drwbwl os dyw'r dyn ddim yn lleidr.'

'Ac os yw e'n lleidr fe fyddan nhw mewn trwbwl llawer gwaeth.'

'Byddan. Rhaid i ni neud rhywbeth.'

'Bydd, ond beth?'

PENNOD 4

'Beth am y llyfre?' gofynnodd Colin.

Edrychodd Mair ac Iwan o gwmpas y stafell, gan sylwi am y tro cyntaf ar y llanast ro'n nhw wedi'i wneud.

'Gad iddyn nhw,' meddai Mair. 'Gwastraff amser fyddai eu rhoi nhw'n ôl yn y bocsys.'

'Bydd yr heddlu am eu gweld, beth bynnag, pan ddo'n nhw i arestio'r lladron,' ychwanegodd Iwan.

'Byddan,' meddai Mair, ac yn sydyn daeth rhyw olwg bell i'w llygaid.

'Gwell i ni fynd rhag ofn iddyn nhw ddod 'nôl a'n dal ni 'ma,' awgrymodd Colin gan gerdded o'r stafell.

Dechreuodd Iwan ei ddilyn ond arhosodd Mair yn ei hunfan. Roedd hi wedi ymgolli'n llwyr mewn rhyw freuddwyd. 'Bydd yr heddlu'n ddiolchgar iawn ein bod ni wedi dal y lladron,' meddai.

'Byddan,' meddai Iwan. 'Mae'n siŵr bod y dynion hyn wedi bod yn dwyn llyfre o sawl ysgol, os nad o bob ysgol yng Nghymru.'

'A ni ddaliodd nhw. Beth wyt ti'n credu fydd ein gwobr ni?'

Roedd Iwan heb feddwl am wobr tan yr eiliad honno, ond wrth gwrs, roedd yr heddlu a pherchnogion diolchgar wastad yn gwobrwyo plant am ddal lladron.

'Fel arfer tocynnau i barc antur neu i ryw fath o sioe ma'r plant yn eu cael,' atebodd Iwan gan ddechrau breuddwydio gyda Mair. 'Neu anifeiliaid anwes doedd eu rhieni ddim yn fodlon iddyn nhw eu cael ar ddechre'r llyfr, neu wylie yn rhywle gwych ...'

'Fel Disneyworld, a chael mynd ar y Daith i Blaned Mawrth.'

'Ie, neu Reilffordd Fawr Mynydd y Daran.'

'Ie.'

'Ie. Neu weithiau, os mai dal lladron a ddaeth o hyd i drysor a o'dd wedi bod ar goll ers blynyddoedd a blynyddoedd naethon nhw, ma'r plant yn cael rhan o'r trysor fel gwobr.'

Edrychodd y ddau ar y llyfrau ar y llawr. 'Gobeithio nage,' meddai Mair.

'Ie.'

'Glou!' gwaeddodd Colin ar draws eu breuddwydio. 'Ma'r dyn wedi dod 'nôl!'

'Beth?' a rhuthrodd y ddau allan o'r stafell, i lawr y grisiau ac at ddrws y cefn.

'Ma'r fan yn y cefn,' gwaeddodd Colin.

'Drws y ffrynt!' gwaeddodd Iwan a sgrialodd y tri amdano.

'Wedi'i gloi!' gwaeddodd Mair.

'Ffonio'r heddlu!' awgrymodd Colin gan bwyntio at y ffôn ar y wal.

'Dim digon o amser,' meddai Iwan.

'*Gwaedd y Golomen Goch*!' meddai Mair.

'Beth?' gofynnodd Colin a'i lais yn mynd yn uwch ac yn uwch.

'Yn *Gwaedd y Golomen Goch*, pan ddaeth y lladron yn ôl ac Elen a Megan yn dal i fod yn y tŷ, fe guddion nhw yn y cwtsh dan stâr, a phan aeth y lladron lan lofft â'r moddion i'w pennaeth a o'dd yn sâl, llwyddodd Elen a Megan i ddianc o'r tŷ a ffonio'r heddlu.'

Erbyn i Mair orffen siarad roedd Colin eisoes yn y cwtsh dan stâr gydag Iwan yn dynn wrth ei sodlau.

Roedd Mair yn tynnu'r drws bach yn dynn ar ei hôl pan glywodd hi ddrws y cefn yn agor.

'Whiw!' sibrydodd Colin.

'Jyst mewn pryd,' meddai Iwan.

'O, na!' meddai Mair. 'Ma'n sgert i wedi'i dal yn y drws. Bydd e'n siŵr o'i gweld hi!'

Roedd Martin ac Iola'n ymddwyn fel pethau gwyllt yn y coed. Symudai'r ddau'n ôl ac ymlaen ar y canghennau fel dau fwnci a oedd newydd weld llew oddi tanyn nhw yn eu llygadu.

'Beth newn ni?' gwaeddodd Iola. 'Rhaid i ni eu helpu nhw.'

'Ond do's dim byd allwn ni 'i neud,' meddai Martin yn anobeithiol.

'Fe allen ni ffonio'r heddlu i ddweud bod lleidr wedi dal Mair, Iwan a Colin.'

'Ond dy'n ni ddim yn gwbod os yw e yn lleidr.'

'Rhaid bod Mair a'r lleill wedi gweld rhywbeth yn y tŷ sy'n profi mai lleidr yw e neu bydden nhw wedi dod mas erbyn hyn.'

'Dw i ddim yn gwbod,' meddai Martin, wedi drysu'n lan.

'Ro'dd y dyn yn cario cyfrifiadur o'r fan. Rhaid ei fod e wedi'i ddwyn e.'

'Ond allwn ni ddim ffonio'r heddlu cyn bod yn siŵr.'

'Byddai'n well neud camgymeriad na difaru wedyn,' meddai Iola, a oedd yn dechrau dychmygu bod pethau ofnadwy'n digwydd i'w ffrindiau yn y tŷ.

'Ti'n iawn, gwell i ni ...'

'Reit! Dw i wedi'ch dal chi.'

Crynodd Iola a Martin wrth glywed sŵn y llais o waelod y goeden, yn union fel pe baen nhw wedi clywed llew yn rhuo, a cheisiodd y ddau wasgu'n agosach at ei gilydd y tu ôl i'r canghennau bythwyrdd.

'Sdim pwynt trio cwato. Dw i'n gwbod eich bod chi lan 'na.'

Pipodd Martin i lawr yn llechwraidd a gweld gofalwr y parc mewn siwt las a chap a phig ar ei ben, yn sefyll ar waelod y llethr a oedd yn mynd o'r parc at gefn y tŷ. Diolch byth, meddyliodd, Bawo Bowen!

'Dere 'mlân, lawr ar unwaith, a phwy bynnag sy 'da ti. Bawo chi blant! Dy'ch chi ddim fod lan fan'na, chi'n gwbod hynny'n iawn. Coed y parc yw'r rheina.'

'Ni'n dod,' galwodd Martin, a oedd, am y tro cyntaf erioed, yn falch o weld gofalwr y parc.

Dringodd Iola a Martin i lawr o'r goeden yn ofalus a cherdded i lawr y llethr ato, yn falch o gael oedolyn i wrando ar eu stori.

'Bawo chi! Sawl gwaith ma eisie dweud? Dy'ch chi ddim i fod i ddringo'r coed. Chi'n neud niwed iddyn nhw ac yn peryglu ...'

'Baw ... Mr Bowen, ma'n ffrindie ni ...' torrodd Martin ar ei draws.

'Yn y tŷ tu ôl i'r coed,' meddai Iola, a oedd am gael dweud ei dweud hefyd. 'Odyn. Ac ma 'na ddyn ...'

'Sy'n lleidr ...'

'Wel, dy'n ni ddim yn hollol siŵr o hynny ...'

'Wel dw i yn siŵr.'

'Ond rhag ofn ei fod e yn lleidr ...'

'Mae e'n bendant yn lleidr.'

'... a'i fod e wedi dal ein ffrindie ...'

'Mair, Iwan a Colin.'

'Ie, a bod ei ffrindie fe ...'

'Sy hefyd yn lladron.'

'Falle, ond dy'n ni ddim yn siŵr o hynny eto, chwaith, yn dod 'nôl ac yn eu dal nhw ...'

'Ein ffrindie ni, nid ei ffrindie fe.'

'Ie. Na. Falle bydde hi'n well i ni ...'

'... neu chi ...'

'... ie, chi fydde ore ...'

'... ffonio'r heddlu.'

'Fel y gallan nhw eu dal nhw cyn iddyn nhw eu dal nhw.'

'Ei ffrindie fe, nid ein ffrindie ni.'

'Ie. Na.'

'Ie.'

'Rhag ofn mai lleidr yw'r dyn ...'

'Lleidr yw e, yn bendant!'

'Sy yn y tŷ.'

'Y tu ôl i'r coed.'

Edrychodd Bawo Bowen o'r naill i'r llall, fel roedd wedi bod yn gwneud ers i Martin ddechrau siarad. Teimlai'n union fel pe bai wedi bod yn edrych ar gêm o dennis mewn drych! Roedd e heb ddeall yr un gair, a doedd e ddim yn bwriadu gofyn iddyn nhw ailadrodd eu stori; roedd hi bron yn amser iddo gael seibiant a phaned o de.

Ond, yng nghanol y storm o eiriau yna, roedd un gair wedi sefyll allan fel goleudy yn y tywyllwch. Heddlu! Os na fyddai Bawo Bowen yn siŵr beth i'w wneud â phlant a oedd yn creu helynt yn y parc, rhoi'r cyfan yn nwylo'r heddlu fyddai ei ddewis, ac roedd wedi cael hen ddigon ar ddwli plant yn ystod gwyliau'r haf hwn i bara gweddill ei fywyd. Carthodd ei wddf. Roedd wedi penderfynu.

'Dw i ddim yn gwbod beth yw'r gêm ry'ch chi'ch dau a'ch ffrindie'n 'i chware, ond peidiwch chi â meddwl y gallwch chi neud ffŵl ohona i. Gewch chi weld dyw'r parc ddim yn lle i gael hwyl ynddo fe. Ond os y'ch chi am ffonio'r heddlu, fe gewch chi ffonio'r heddlu. Ac fe gewn nhw'ch sorto chi mas. Dewch 'mlân. Bawo chi!'

Yr eiliad honno, ychydig dros filltir i ffwrdd (ychydig dan filltir os ydych chi'n gadael y parc drwy ddilyn y llwybr answyddogol heibio i'r cwrt tennis a thrwy'r llwyni rhododendron) roedd Anwen yn brysur yn glanhau cwb ei mochyn cwta. Roedd yn hoff iawn o Pwtyn, ond doedd hi ddim yn hoffi glanhau ei gwb. Ei mam fyddai'n gwneud hynny yn ystod tymor yr ysgol, ond a hithau'n wyliau, a dim esgusodion gan Anwen, roedd yn rhaid iddi hi wneud y gwaith.

Roedd Anwen yn penlinio o flaen y cwb. Yn ei hymyl roedd cwdyn o wair, cwdyn o flawd llif a phentwr o hen bapurau newydd i'w rhoi ar ei waelod. Roedd hi wedi rhoi Pwtyn mewn bocs cardfwrdd gyda hen liain drosto i'w atal rhag dianc – fel nath e unwaith a mynd i guddio o dan y soffa. Roedd Dad wedi gorfod ei brocio allan gyda choes brwsh.

Cydiodd Anwen mewn copi o'r *Rhwyd*, y papur bro lleol, a'i agor er mwyn ei roi ar waelod y cwb. Plygodd ran o'r papur er mwyn iddo ffitio'n well a dyna pryd y gwelodd hi lun y dieithryn. Roedd hi'n gwybod ei bod hi wedi gweld ei lun yn rhywle ond roedd hi'n methu cofio ble roedd hi wedi'i weld. Fyddai hi byth wedi meddwl am edrych yn *Y Rhwyd*. Pwysodd dros y papur a darllen y geiriau oedd o dan y llun.

'O na!' meddai gan neidio ar ei thraed a rhuthro i'r

stafell fyw i ffonio Bethan. Yn ei brys trawodd Anwen yn erbyn y bocs cardfwrdd, trodd hwnnw ar ei ochr a gwelodd Pwtyn ei gyfle i ddianc. Roedd yn dal i fod ar goll pan gyrhaeddodd Dad adref o'r gwaith ac roedd hi'n ugain munud wedi wyth cyn i Dad ddod o hyd iddo'n crynu o dan sied yr ardd.

PENNOD 5

'Pan agora i'r drws, tynna di dy sgert i mewn glou,' gorchmynnodd Iwan.

Nodiodd Mair.

'Reit, ar ôl tri. Un, dau, tri.'

Ac mewn un symudiad agorodd Iwan ddrws y cwtsh dan stâr a thynnodd Mair y sgert i mewn. Caeodd y drws a gwrando, rhag ofn bod y dieithryn wedi'u clywed. Ond roedd pobman yn dawel.

'Mae e'n siŵr o fod yn y gegin,' cynigiodd Mair.

'Neu wedi mynd mas eto,' awgrymodd Iwan.

'Falle'i fod e wedi gadael,' meddai Colin yn obeithiol.

'Ie, falle dy fod di'n iawn.'

'A byddwn ni'n gallu dianc mewn munud.'

'Yr un peth ag Elen a Megan.'

'Ie.'

'Ie.'

Roedd eu geiriau'n swnio'n ddigon gobeithiol a hyderus, ond roedd eu lleisiau'n llawn ansicrwydd, a phan glywodd y tri y drws rhwng y gegin a'r cyntedd yn agor, aeth yr ansicrwydd yn ofn. Ac wrth i'r sŵn traed ar lawr y cyntedd agosáu at y grisiau, tyfodd yr ofn yn eu calonnau nes eu bod nhw'n crynu ac yn curo yn erbyn eu hasennau, gan eu chwyddo nes iddyn nhw lenwi eu gyddfau a'i gwneud hi bron yn amhosibl i'r plant anadlu.

Credai Colin y byddai'r dieithryn yn siŵr o glywed eu calonnau nhw'n curo. Roedd e'n methu clywed dim byd arall. Roedd y sŵn yn ei draed ac yn ei ben. Caeodd ei lygaid a gwasgu ei ddwylo dros ei glustiau er mwyn cau'r sŵn allan ond doedd hynny'n ddim help. Teimlodd rywun yn tynnu llawes ei siwmper.

Agorodd ei geg i sgrechian mewn braw ond caeodd Iwan ei law dros ei geg a sibrwd, 'Mae e'n mynd lan lofft.'

Gollyngodd Colin ei anadl a dweud ar yr un pryd: 'Dyma gyfle i ddianc!'

'Aros iddo fe fynd i un o'r stafelloedd gynta,' meddai Mair.

Cyfrodd y tri gamau'r dieithryn ar y grisiau ('naw,

deg, un ar ddeg, deuddeg') ac ar y llawr uwch eu pennau ('pedwar, pump, chwech, saith').

'Reit,' meddai Mair.

Agorodd y drws a chropian allan. Cododd ar ei thraed a chanodd y ffôn ar y wal. 'Iyhy!' oedd y sŵn ddaeth o geg Mair a disgynnodd yn ôl i'r llawr.

''Nôl!' meddai wrth Iwan a oedd newydd wthio'i ben drwy ddrws y cwtsh. Caeodd Mair y drws ar ei hôl – gan wneud yn siŵr nad oedd ei sgert wedi'i dal – a phwyso yn ei erbyn.

Eiliadau'n ddiweddarach daeth y dieithryn i lawr y grisiau ac ateb y ffôn.

'Helô … Ydi, mae popeth yn iawn … dw i wedi'i gael e'n barod … na, dim trafferth o gwbl … mae'n edrych yn un da … yn werth ceiniog neu ddwy! … ie, dyna o'n i'n feddwl … cynta i gyd gore'n byd … na, does dim llawer o amser … dyna fe … mewn rhyw ddeg munud … fe wela i chi bryd hynny … iawn, hwyl.'

Rhoddodd y ffôn i lawr a cherdded i'r gegin. Ddywedodd dim un o'r tri yn y cwtsh dan stâr yr un gair. Roedd y cyfan yn hollol amlwg. Roedd y dieithryn newydd ddwyn rhywbeth ac roedd gweddill y gang ar eu ffordd i'r tŷ. Roedd cyfle ola'r plant i ddianc wedi diflannu.

Sgrialodd y beic rownd y cornel, ag Alun yn pwyso'n isel dros y cyrn ac yn teimlo'r gwynt yn chwythu'n gryf heibio'i glustiau. Yn ei helmed goch roedd yn edrych yn union fel bwled yn saethu at y nod. Lai na phum metr y tu ôl iddo roedd Carys yn gwibio ar ei beic – ei phen hithau'n isel a'i phlethen yn sefyll i fyny yn y gwynt fel cynffon ci.

Er bod y ddau wedi hen golli'r fan, ro'n nhw'n eithaf siŵr bod y dieithryn yn mynd â'r cyfrifiadur yn ôl i'r tŷ. Dim ond cadarnhau hynny gyda'r gweddill roedd Alun am ei wneud cyn ffonio'r heddlu.

Gwibiodd y beic drwy fynedfa'r parc. Fflachiodd Alun heibio i'r arwydd DIM REIDIO BEICIAU YN Y PARC a reidio ymlaen i gyfeiriad sied y clwb bowlio. Pe bai Bawo Bowen yn 'y ngweld i nawr byddai'n siŵr o gael haint, meddyliodd Alun gan wenu. Dilynodd Carys yn ei gysgod ond ar y llwybr olaf cyn cyrraedd y sied fe aeth hi heibio iddo fe.

Neidiodd y ddau oddi ar eu beiciau cyn iddyn nhw stopio, a'u taflu yn erbyn y sied. Ni fyddai PC Jenkins, a fu'n eu dysgu sut i reidio ac i ofalu am eu beiciau, wedi cymeradwyo o gwbl, ond mae'n siŵr ei fod e weithiau'n cam-drin ei gar wrth fynd ar ôl lladron.

Rhedodd y ddau y tu ôl i'r sied, cropian o dan y ffens a dringo i fyny'r llethr at y coed bythwyrdd.

'Martin!' galwodd Alun. Dim ateb.

'Mair!' galwodd Carys. Dim ateb.

'Colin!' galwodd Alun.

'Iola!' galwodd Carys.

'Iwan!' galwodd Alun. Dim ateb. Dim ateb. Dim ateb.

'Do's neb 'ma, Alun.'

'Ble allen nhw fod?'

'Dim syniad, os nad y'n nhw wedi mynd adre.'

'Fydden nhw ddim wedi mynd, a'r lladron yn y tŷ.'

'Falle'u bod nhw wedi dilyn y lladron i rywle.'

'Ddim heb adael rhywun 'ma i ddweud wrthon ni.'

'Neu ...'

'Beth?'

'Falle ... Falle fod y lladron wedi'u dal!' Syllodd Alun arni.

'Heddlu. Glou!' meddai Carys. 'Cer di i ffonio, arhosa i 'ma.'

'Ia. Gwell i ti fynd i ffonio.'

'Pam?'

'Wel ... dw i ddim yn nabod neb ffordd hyn er mwyn gofyn am ddefnyddio'i ffôn, a do's dim arian gen i i'w gynnig iddyn nhw.'

'Do's dim eisie arian i ffonio 999.'

'Cer di beth bynnag.'

'Pam?'

'Wel ... rhag ... rhag ofn i'r lladron ddod 'nôl a dy ddal di.'

'Hy! Os do'n nhw'n ôl ...' dechreuodd, ond yna sylweddolodd fod Alun yn poeni amdani.

'Ti'n ddwl, Alun Wyn Morgan,' ac i ffwrdd â hi i lawr y llethr cyn i Alun gael cyfle i weld lliw ei hwyneb.

'Dw i'n methu anadlu,' cwynodd Colin.

'Wrth gwrs dy fod ti'n gallu anadlu,' meddai Mair. 'Ma digon o aer yn dod o dan y drws.'

'Ddim i'r tri ohonon ni!'

'O's.'

'Nag o's. Dw i'n cofio gweld ffilm am dri o bobl mewn cwch ar y môr a do'dd dim digon o ddŵr iddyn nhw i gyd ...'

'Dy'n ni ddim mewn cwch, Colin,' meddai Iwan.

'... ac ro'dd yn rhaid iddyn nhw benderfynu pa un o'r tri o'dd yn mynd i gael ei daflu i'r môr gyntaf lle ro'dd cannoedd o siarcod yn nofio o'u cwmpas.'

'Ond dy'n ni ddim mewn cwch, Colin,' meddai Mair y tro hwn.

'Ond ry'n ni mewn trwbwl ac mae e'r un peth â bod yn yr un cwch heb ddigon o ddŵr a siarcod ym mhobman,' meddai Colin, gan obeithio cael ychydig o gydymdeimlad.

'Paid â bod yn hen fabi,' meddai Mair yn chwyrn, heb unrhyw gydymdeimlad o gwbl. 'A bydd dawel neu bydd e'n siŵr o dy glywed di'n conan. Bydd popeth yn iawn, gei di weld. Ro'dd Dafydd a Morfudd yn ofni na fydden nhw'n cael eu hachub o'r ffynnon mewn pryd yn y llyfr *Ffrwydriad Ffynnon y Ffridd* ...'

'Bydd dawel!' hisiodd Colin. 'Dw i wedi cael llond bola ohonot ti a dy lyfre antur am ladron dwl sy'n cael eu dal gan blant, a'r heddlu, eu rhieni a phob un arall mor ddiolchgar iddyn nhw, a ma nhw'n cael gwobre am eu dal ac ma'r cwbwl yn cwpla'n hapus a dyw'r plant byth yn cael dolur, hyd yn oed os y'n nhw'n cael 'u dal gan y lladron. Ma llyfre wastad yn cwpla'n hapus. Ond do's dim diwedd hapus i bopeth bob tro, o's e?'

Agorodd Mair ei cheg i'w ateb, ond yn sydyn roedd ei chalon yno'n stopio'r geiriau rhag dod allan.

'Oedd yr heddlu'n dy gredu di?' gofynnodd Alun pan ddaeth Carys yn ôl.

'Oedden. Pam? Doeddet ti ddim yn meddwl y bydden nhw?'

'Do'n i ddim yn siŵr y bydden nhw'n credu plentyn.'

'Wel, ma nhw ar y ffordd, beth bynnag,' meddai Carys.

'Gwell i ni fynd i mewn i'r ardd er mwyn bod

yno'n barod.'

Gwthiodd y ddau'n ofalus drwy'r coed a sleifio'n araf i fyny ar hyd ochr yr ardd. Ro'n nhw wedi cyrraedd tomen o gerrig a brics ac wedi penderfynu aros yno pan yrrodd y car heddlu cyntaf heibio i gornel y tŷ.

'Rhaid eu bod nhw wedi gyrru'n ofnadw o gyflym,' meddai Alun yn llawn edmygedd. Agorodd drysau'r car a neidiodd pedwar plismon allan, rhuthro at ddrws y cefn a sefyll yn ddisgwylgar yno.

'Nawr bydd 'na hwyl,' meddai Alun gan wenu.

Cododd y ddau o'u cuddfan a rhedeg at y car ond cyn iddyn nhw gyrraedd daeth car heddlu arall heibio i gornel y tŷ. Neidiodd tri phlismon a Tracy ac Elwyn allan ohono.

'Beth y'ch chi'n neud 'ma?' gofynnodd Alun a oedd yn ofni colli'r clod am ddal y lladron.

'Ni alwodd yr heddlu,' atebodd Elwyn.

'Nage,' meddai Carys. 'Fi alwodd yr heddlu.'

'Nage, ni,' meddai Tracy. 'Rhag ofn i chi fynd dros ben llestri gyda'ch chware plant.'

'Hy! Ry'n ni'n iawn ...'

Sgreeeech!! a daeth car heddlu arall eto rownd cornel y tŷ. Allan ohono daeth dau blismon, Bawo Bowen, Iola a Martin.

'Ry'ch chi i fod yn y tŷ,' meddai Carys yn gyhuddgar.

'Mair, Iwan a Colin sy yn y tŷ,' meddai Martin.

'Pam ma Ba ... Mr Bowen yma?' gofynnodd Alun.

'Fi ffoniodd yr heddlu,' atebodd y gofalwr.

'Ond ni ffoniodd yr heddlu,' mynnodd Alun.

'Nage. Ni ffoniodd nhw!' mynnodd Elwyn.

Ond cyn i'r ddadl boethi cerddodd arolygydd yr heddlu atyn nhw. 'Reit, Ba ... Mr Bowen,' meddai wrth y gofalwr. 'Ry'n ni'n mynd i mewn nawr. Arhoswch chi a'r plant yma gyda PC Jenkins sy'n gofalu am y drws, nes bydd hi'n ddiogel i chi ddod i'r tŷ. Reit,' meddai gan droi at y plismyn eraill. 'I mewn â ni.'

'Safwch draw!' meddai PC Jenkins yn bigog wrth Bawo Bowen a'r plant. Doedd PC Jenkins ddim yn hapus o gwbl. Fe oedd wastad yn gorfod aros y tu allan a cholli'r holl sbri. Y tu mewn yng nghanol antur a pherygl roedd PC Jenkins am fod, ddim y tu allan yn gofalu am ddrysau. Doedd hi ddim yn deg.

Ond cyn iddo gael cyfle i gwyno nac i unrhyw un gael cyfle i ddweud 'Drws, agora!' rhedodd dau blismon fel dau darw at y drws, ei dorri'n rhydd o'r ffrâm a'i garo o'u blaen i mewn i'r tŷ.

'Glywsoch chi'r sŵn 'na?' gofynnodd Iwan o'r cwtsh.

'Y lladron eraill,' awgrymodd Colin.

'Neu'r heddlu,' meddai Mair.

Roedd y sŵn yn agosáu. Sŵn traed yn rhuthro a sgathru a sŵn lleisiau'n galw ar draws ei gilydd.

'Daliwch e ...'

'Beth y'ch chi'n meddwl y'ch chi'n ... ?'

'Gwyliwch ei ddyrnau!'

'Wneith rhywun ddweud wrtha i ...'

'Y cyffion, Morris!'

'Paid, Twm, fy llaw i yw honna ...'

Mentrodd Iwan agor drws y cwtsh a gwelodd goedwig o goesau glas yn symud i fyny ac i lawr y cyntedd.

'Plismyn!' meddai ac allan ag ef gan feddwl ymuno yn yr hwyl, ond erbyn iddo gropian allan roedd y cyfan drosodd.

Gorweddai'r dieithryn ar ei fola ar y llawr. Roedd ei ddwylo mewn cyffion, a phenliniau plismon wrth ei ochr i'w atal rhag codi.

'Da iawn, ddynion,' meddai'r arolygydd ac yna sylwodd ar Iwan a Mair a Colin yn cropian allan o'r cwtsh dan stâr. 'Y'ch chi'n iawn?' gofynnodd iddyn nhw.

'Odyn,' atebodd Mair gan wenu'n hapus. Roedd ei rhyddhad yn amlwg.

'Dyna ddiwedd ar dy gêm di,' meddai'r arolygydd wrth y dieithryn.

'Gêm? Pa gêm?' gofynnodd y dieithryn.

'Paid ag esgus bod yn ddiniwed. Dwyn, herwgipio, a dyn a ŵyr beth arall. Byddi di'n treulio sawl blwyddyn yn y carchar, diolch i'r plant hyn.'

Pesychodd y gofalwr a symud at yr arolygydd. 'O, ie ac i Baw ... Mr Bowen.'

Gwenodd y gofalwr, a'r plant, ond yna cofiodd Iwan am rywbeth pwysig.

'Ma'r lladron eraill ar eu ffordd yma.'

'Lladron eraill?' meddai'r arolygydd.

'Ie, y dynion ddaeth yn y fan. Glywon ni fe'n siarad â nhw ar y ffôn.'

'Beth!' meddai'r dieithryn o'r llawr. 'Lladron? Peidiwch â bod yn ddwl.'

'Cadwch e'n dawel, Jones. Eisteddwch ar ei ben e os oes raid,' meddai'r arolygydd. 'Powell, cerwch chi a'r gyrwyr i symud y ceir, a gwedwch wrth Jenkins am y lladron eraill. Os y'n nhw ar eu ffordd yma, byddwn ni'n barod amdanyn nhw.'

'O, na!' meddai Anwen pan redodd rownd cornel y stryd a gweld y pedwar car heddlu yn gyrru i ffwrdd o'r tŷ. 'Ry'n ni'n rhy hwyr.'

'Beth newn ni nawr?' gofynnodd Bethan yn bryderus.

Brathodd Anwen ei gwefus isaf am rai eiliadau yn meddwl. 'Rhaid i ni fynd mewn,' meddai o'r diwedd. 'I weld beth sy wedi digwydd.'

Er gwaethaf eu hofnau, ac yn ofni'r gwaethaf, cerddodd y ddwy heibio i ochr y tŷ ac i'r iard. Ro'n nhw wedi hanner disgwyl gweld y cefn yn ferw gan blismyn yn rhedeg yn wyllt yn ôl ac ymlaen, ond roedd y cefn yn hollol wag a thawel. Dim plismon, dim lleidr, dim plentyn i'w weld yn unman. Dim byd ond yr hen fan las.

Edrychodd y ddwy ar ei gilydd am eiliad cyn anadlu'n ddwfn a dechrau cerdded ar draws yr iard at ddrws y cefn. Oedodd Anwen â'i llaw ar bwys bwlyn y drws a throi i edrych ar Bethan. Nodiodd hithau ei phen. Gafaelodd Anwen yn y bwlyn a ...

'HA!'

'Iyyyy!' sgrechiodd Anwen a thynnu ei llaw o'r bwlyn fel pe bai ar dân.

'Aaaaaaa!' gwaeddodd Bethan, gan neidio i'r awyr.

'Wedi'ch dal chi!' gwaeddodd PC Jenkins, gan gamu o'r tu ôl i'r fan las. 'Dyma ddiwedd ar eich ...' Ac yna arhosodd. 'Hei! Dw i'n nabod chi'ch dwy.'

Llyncodd Anwen yr ofn a oedd yn llenwi ei cheg. 'Ry'n ni'n ...'

'Na, na,' meddai PC Jenkins. 'Paid â dweud. Dw i'n un da am gofio wynebau a dw i'n gwbod 'mod i wedi gweld eich wynebau chi rywle o'r blaen. Ond ble?'

'Ry'n ni'n ...' dechreuodd Anwen eto.

'Na, na. Gad i fi weld nawr. Fuoch chi ddim ar eich gwylie yn Nefyn yr haf 'ma, do fe?'

'Naddo,' atebodd Bethan. 'Ry'n ni'n ...'

'Na, na, fe ddaw mewn munud. Dw i byth yn anghofio wyneb. Ai chi'ch dwy ddaeth o hyd i bŵdl Mrs Gwynne-Puw yr wythnos diwetha?'

'Na,' meddai Anwen. 'Ry'n ni'n ...'

'Na, na. Arhoswch funud nawr. Ro'dd 'na nifer o blant eraill gyda chi, on'd o'dd e? O'ch chi'n aelodau o'r côr plant ddaeth draw o'r Almaen dros y Pasg?'

'Na,' meddai Anwen a Bethan gyda'i gilydd. 'Ry'n ni'n ...'

'Na, na, un cynnig arall.'

'... cael gwersi reidio beic gyda chi yn yr ysgol.'

Cliciodd PC Jenkins ei fysedd. 'Dw i'n gwbod! Dw i'n rhoi gwersi reidio beic i chi yn yr ysgol.'

'Ydych,' meddai Anwen a Bethan.

'Ro'n i'n gwbod bod eich wynebau chi'n gyfarwydd. Dw i byth yn anghofio wyneb. Ond beth y'ch chi'ch dwy'n neud fan hyn?'

'Ry'n ni'n chwilio am ein ffrindie.'

'O, ie,' meddai PC Jenkins, gan gofio am y lladron. 'Y plant yn y tŷ. Gwell i chi fynd i mewn atyn nhw, ma rhagor o ladron o gwmpas yn rhywle.'

'Ond ...' dechreuodd Anwen.

'Na, i mewn â chi,' meddai'r heddwas gan agor drws y cefn. 'Byddwch chi'n ddiogel yn y tŷ.' A heb roi cyfle i Anwen ddweud gair arall gwthiodd y ddwy i mewn i'r gegin a chau'r drws ar eu hôl.

Edrychodd Anwen a Bethan o'u cwmpas cyn cerdded yn araf drwy'r gegin ac i'r cyntedd.

'O!' meddai'r ddwy gyda'i gilydd pan welon nhw eu ffrindiau, yr holl blismyn, Bawo Bowen, a'r dieithryn yn gorwedd ar y llawr a phlismon mawr tew yn eistedd ar ei ben. Trodd pawb i edrych arnyn nhw.

'Ry'ch chi wedi cyrraedd mewn pryd,' meddai Alun yn fawreddog. 'Oni bai amdanon ni,' meddai, gan edrych yn falch ar y criw o'i amgylch, 'fydde'r heddlu'n gwbod dim am y lladrad yn yr ysgol heddi nac wedi dal y lleidr.'

'Ond dyw e ddim yn lleidr,' meddai Anwen.

'Dyna beth rwyt ti'n 'i feddwl, Anwen,' hisiodd Alun.

'Nage, dyma beth dwi'n 'i wbod, Alun,' ac estynnodd Anwen gopi o'r *Rhwyd* iddo.

Cydiodd Alun yn y papur ac edrych ar y llun a oedd yn llenwi bron i chwarter y dudalen. Darllenodd y geiriau o dan y llun a chwympodd ei ên bron at ei draed.

'Darllen e'n uchel, Alun,' meddai Anwen. Ond

roedd Alun wedi colli ei lais.

'Beth yw hwnna?' gofynnodd yr arolygydd gan gymryd y papur o ddwylo crynedig Alun a'i ddarllen yn uchel:

'Mr Aled Huws o Bontrhydfendigaid sy'n olynu Mr Tegid Morgan fel athro yn yr ysgol gynradd. Mae Aled yn adnabyddus i ddilynwyr pêl-droed fel chwaraewr amatur eithriadol o dda sydd wedi chwarae nifer o weithiau i dîm amatur Cymru. Estynnwn groeso iddo a dymunwn bob llwyddiant iddo yn ei waith, yn enwedig gyda'r gwaith mawr o atgyweirio'i gartref newydd, Glaslyn, Ffordd Pengaer.'

Camodd yr arolygydd yn benderfynol at y dieithryn a phwyso drosto. 'O'r gore'r cwrci, beth wyt ti a dy gang wedi'i neud ag Aled Huws?'

'FI ... YW ... ALED ... HUWS!' meddai'r dieithryn yn araf, gan ymladd am ei anadl o dan bwysau'r plismon.

Disgynnodd distawrwydd llethol dros y cyntedd ac edrychodd pawb ar ei gilydd gan ddisgwyl i rywun arall ddweud rhywbeth. Edrychodd yr arolygydd ar y dieithryn, yna ar y llun yn y papur, ar y dyn unwaith eto ac ar y papur am y tro olaf.

'Jones, beth y'ch chi'n meddwl y'ch chi'n neud yn

eistedd ar ben Mr Huws? Helpwch e i godi ar unwaith. A thynnwch y cyffion.'

Straffaglodd PC Jones i godi ac yna bustachu i dynnu Aled Huws i'w draed.

'Wel, y ... Mr ... y ... Huws,' baglodd yr arolygydd. 'Mae hi ... yyy ... yn ... y ... amlwg ... bod ... y ... rhywun ... wedi ... y ... gwneud ... y ... tipyn ... o ... y ... gamgymeriad.' Ac edrychodd ar y plant ac ar Bawo Bowen.

'Ond beth am y cyfrifiadur?' gofynnodd Alun.

'Ei fenthyg e i neud ychydig o waith cyn dechrau'r tymor o'n i. Mae fy un i wedi torri.'

'Beth am y llyfre lan lofft?' gofynnodd Iwan.

'Fi bia'r rheina.'

'Ond beth am yr alwad ffôn?' gofynnodd Mair. 'Nid trefnu i gwrdd â lladron eraill o'ch chi?'

'Nage. Trefnu i gwrdd â ...'

Ond cyn iddo gael cyfle i ateb daeth sŵn lleisiau'n gweiddi'n groch o'r gegin. 'Gollyngwch fi ar unwaith!'

'Dim peryg, boio!'

'PC Jenkins, beth y'ch chi'n meddwl chi'n neud, ddyn?'

'Rwyt ti'n fy nabod i, wyt ti?'

'Wrth gwrs 'mod i'n eich nabod chi.'

'Wedi bod mewn trwbwl o'r bla'n, ie?'

'Chi fydd mewn trwbwl. Y'ch chi'n gwbod pwy ydw i? Dy'ch chi ddim yn cofio ...'

'Dw i byth yn anghofio wyneb, gwboi, a dw i'n gwbod yn iAW—'

A'r eiliad nesaf rhedodd y dyn o'r gegin i'r cyntedd gyda PC Jenkins yn hercio ar ei ôl ac yn rhwbio'i goes lle roedd wedi cael ei gicio. Roedd PC Jenkins newydd ddysgu mai gwaith peryglus iawn oedd gofalu am ddrysau.

Er bod golwg wyllt iawn ar y dyn, ac er bod ei wallt yn flêr, roedd y plant yn ei adnabod e'n iawn.

'SYR!'

'Beth y'ch ...?' dechreuodd Syr pan welodd y plant, ond yna gwelodd y plismyn. 'Beth y'ch ... ?' dechreuodd eto, ond yna gwelodd ofalwr y parc.

'Ba ... Mr Bowen ...' dechreuodd unwaith yn rhagor ond yna sylwodd fod un o'r plismyn yn tynnu cyffion oddi ar ddwylo Aled Huws.

'Mr Huws, beth sy'n mynd 'mlân fan hyn? Dw i'n gobeithio fydd dim byd tebyg yn digwydd tymor nesa pan fyddwch chi'n gyfrifol am Flwyddyn 6.'

Edrychodd y plant ar ei gilydd a gwingo wrth feddwl mai Mr Huws fyddai eu hathro newydd. Ar ôl y fath groeso, doedd pethau ddim yn argoeli'n rhy dda ar gyfer Blwyddyn 6.